J'~~aime~~ déteste les maths et la musique

De Bernard Friot

Illustré par Ze[illegible]

Pour Marie-Martine
et Caroline
B. F.

MILAN

Chapitre 1

Il y a des moments où il vaut mieux ne pas avoir la bouche pleine.

Oui, peut-être rien ne serait arrivé si je n'avais pas eu la bouche pleine à deux moments stratégiques.

Le premier, c'était un dimanche midi. Tout le monde était autour de la table familiale :

– mes parents ;

– ma sœur Léonie et son mari (si, si, vous le connaissez, Cyril Lanvin, mon ex-prof d'EPS) ;

– mon frère Mathieu ;

– Katia (elle était toujours dans son foyer d'accueil et passait les dimanches chez nous) ;

– et moi bien sûr, Romain Malaval, héros de cette histoire.

Au menu, il y avait du poulet rôti. Dans le poulet, il y a des os, des gros et des petits. Et les petits ont la fâcheuse habitude de se coincer dans la gorge. Comme par hasard, ça tombe toujours sur moi.

En tout cas, ce jour-là, j'étais justement en train de m'étouffer avec un os de poulet quand ma sœur a annoncé :

– Dimanche en quinze, ma chorale donne son concert d'automne. J'espère que vous viendrez tous.

Ma sœur fait partie d'un chœur qui ne chante que du classique, messes en latin ou trucs en allemand qui vous endorment à la troisième mesure. Et ils donnent leurs concerts dans des églises pleines de courants d'air où on est assis sur des chaises en paille qui vous ravagent le postérieur.

J'ai secoué énergiquement la tête pour prévenir qu'il ne fallait pas compter sur moi. Mais les

autres ont cru que je me débattais avec mon os de poulet, et Katia, la traîtresse, a répondu clair et net :

– Oui, oui, bien sûr.

Quand Katia décide quelque chose, Romain Malaval (c'est moi) suit comme un petit caniche.

Voilà comment je me suis retrouvé au concert de ma sœur, sans me douter qu'une surprise m'attendait.

*

Comme prévu, malgré le soleil de fin septembre, l'église était glacée, la chaise en paille me torturait les fesses, et la musique m'engourdissait tellement que je devais me pincer pour ne pas m'endormir.

Katia, elle, était aux anges. Sans s'en rendre compte, elle chantonnait avec le chœur. Après un morceau en allemand, accompagné par l'orchestre, il y a eu un peu de remue-ménage, puis une jeune femme s'est avancée et s'est installée à côté du chef. Tout à fait le style chanteuse d'opéra : robe de soirée vert foncé super décolletée, coiffure compliquée et bijoux partout.

J'ai pensé : « Ouille, aïe, aïe, comme si je n'avais pas assez des vocalises de ma sœur qui nous casse les oreilles chaque fois qu'elle vient à la maison ! »

Le chœur s'est mis à chanter en latin. « *Gloria, gloria !* » Ça, j'ai compris, car ils l'ont répété au moins cent mille fois : « *Glooooориaaaaaa !* », etc.

– On dirait des poules qui ont trouvé un œuf en chocolat, ai-je murmuré à Katia.

Elle n'a pas répondu et j'ai bien vu qu'elle aussi faisait la poule et chantonnait doucement : « *Glooooориaaaaaa.* » Désespérant.

Tout à coup, alors que je commençais à somnoler, malgré le froid et le bruit (du chœur et de l'orchestre), elle m'a donné un violent coup de coude et a marmonné :

– Hé, tu l'as reconnue ?

– Qui, qui ? ai-je demandé en sursaut.

– La chanteuse !

J'ai donc fixé la chanteuse, surtout son décolleté, vraiment impressionnant. Mais il m'était inconnu (le décolleté), et pourtant, depuis quelque temps, mes yeux avaient pris l'habitude (malgré moi) de se fixer sur tous les décolletés qu'ils croisaient.

– Mais si, c'est elle ! a chuchoté Katia.

J'ai déplacé le regard vers le visage de la chanteuse. Difficile de reconnaître une figure humaine sous une telle couche de maquillage. Mais quand même, une vague idée s'est insinuée dans mon cerveau. Et, peu à peu, la ressemblance m'est apparue.

– Pas possible, ai-je grommelé, la prof !

Oui, la chanteuse n'était autre que Mlle Dulac, notre nouvelle prof de maths. Plutôt sympa dans l'ensemble, et pas trop dérangeante. Qui aurait imaginé qu'elle faisait du chant classique après les corrections de nos devoirs d'algèbre et de géométrie !

La bouche bée, j'ai grogné :

– Mais qu'est-ce qu'elle fait là ?

– Elle chante, a répondu Katia.

Merci, j'avais entendu. Parce qu'elle a une voix énorme quand elle chante, Mlle Dulac. Sans micro, elle remplissait toute l'église. Le plus étrange, c'est que ça ne ressemblait pas du tout à sa voix pendant les cours de maths. Elle parle toujours d'une voix calme, grave et chaude, qui te force à écouter même si tu as des tas de choses plus intéressantes à faire.

Là aussi, je l'ai écoutée. Pourtant ce qu'elle chantait n'avait rien de très excitant. Au contraire de son décolleté.

Je ne raconterai pas la suite du concert, car je n'y ai pas vraiment assisté. Quand le chœur a recommencé à chanter en allemand, j'ai piqué un petit roupillon. Je crois même avoir rêvé de mathématiques et de soutiens-gorge.

*

À la sortie, il a fallu attendre Léonie. Mon frère s'est défilé pour rejoindre des copains, mais je suis resté avec Katia et Cyril. Léonie est sortie en compagnie de… Miss Dulac ! Démaquillée et sans décolleté, elle ressemblait beaucoup plus à une prof de maths.

– Je crois que vous vous connaissez, a dit finement Léonie en nous regardant, Katia et moi, avec un petit sourire (sadique ?).

– Bien sûr, ce sont mes plus charmants élèves, a commenté la prof avec un petit sourire (ironique ?).

Elles ont continué leur papotage pendant dix minutes. Katia s'y est mêlée ; moi, j'ai enfourné deux chewing-gums dans l'intention de faire une bulle géante. Fatale erreur : comme je l'ai dit plus haut, il y a des moments où il vaut mieux ne pas avoir la bouche pleine.

– Alors, le concert vous a plu ? a demandé Mlle Dulac.

– Oh oui ! a répondu chaleureusement Katia. J'aimerais bien chanter comme vous.

J'ai voulu exprimer mon opinion, qui était tout à l'opposé, mais j'avais les lèvres collées par le chewing-gum. J'ai secoué énergiquement la tête pour faire comprendre que :

1) le concert ne m'avait pas du tout plu (à part le décolleté de la prof) ;

2) jamais de la vie, je ne voudrais chanter comme elle ;

3) il était temps de rentrer car mon feuilleton télévisé préféré allait commencer.

Je suis un grand incompris. Au lieu de traduire correctement mes mouvements de tête désespérés, Cyril m'a tapé de toutes ses forces dans le dos en demandant :

– C'est encore ton os de poulet ?

Sur ce, j'ai avalé mes deux chewing-gums et failli mourir étouffé pour de bon.

Chapitre 2

Dès le lendemain, la nouvelle avait fait le tour du collège : une prof de maths qui chante l'opéra, quand même, c'est pas banal. La 4e B (ma classe) a réservé un accueil quasi triomphal à Mlle Dulac.

– C'est vrai que vous donnez des concerts, madame ? (Théo.)

– Et que vous avez une robe longue ? (Coralie.)

– Et un super-décolleté ? (Roméo, planqué derrière les larges épaules d'Émilien.)

–Vous pouvez nous chanter quelque chose ? (Oleg.)

Etc. Le brouhaha a monté en puissance jusqu'à devenir un véritable chahut. Sans s'émouvoir, Mlle Dulac a frappé le bureau avec une règle et a menacé :

– Si vous ne vous calmez pas, je vous chante *La Traviata* en bas-breton.

Ce qui a provoqué aussitôt un silence relatif, seulement entrecoupé de murmures :

– Hein, *La Traviata* ? C'est quoi, ça ? Bas-breton, bas-breton ? C'est du lard ou du cochon ?

Bref, la prof avait réussi son effet. Avec un petit sourire (ironique ?), elle a expliqué :

– *La Traviata*, c'est un opéra de Verdi (comme si on savait qui c'est, celui-là !). Et le bas-breton est le breton parlé en Basse-Bretagne.

Typiquement une *explication* de prof, qui n'explique rien du tout. Mais rien que l'idée d'entendre la prof hurler un air d'opéra dans une langue inconnue nous avait calmés.

Le cours s'est déroulé normalement, avec les incidents banals :

– Théo s'est étouffé en avalant le capuchon de son stylo ;

– Roméo a dégringolé de la chaise sur laquelle il se balançait ;

– Coralie a fait un croche-pied à Oleg quand il est allé au tableau ;

– Enguerrand a poussé ses cris de singe habituels.

Enguerrand est nouveau dans la classe. Il est arrivé le 15 septembre, après avoir été renvoyé du collège privé où il « étudiait ». On dirait un croisement entre un chimpanzé dérangé et un orang-outan pas content. Je le dis en douce, car Katia le défend, allez savoir pourquoi.

À la fin de l'heure, la prof a lancé :

– Le cours prochain, je vous annoncerai une surprise.

Ce qui a logiquement déclenché une vive animation dans la classe et une série d'hypothèses optimistes :

– Vous êtes absente pendant quinze jours ? (Zeynep.)

– Le cours de maths est remplacé par un championnat de jeux vidéo ? (Roméo.)

– Vous participez au concours Miss Mathématiques en bikini ? (Moi, pas trop fort quand même.)

– Grunch gronch grinch ! (Enguerrand.)

Tout sourire (énigmatique ?), Mlle Dulac a frappé dans ses mains en menaçant :

– Calmez-vous, sinon je vous chante *Carmen* en javanais !

C'est idiot, son truc d'opéra en langue étrangère, mais ça a marché. On est sortis de façon à peu près civilisée en nous demandant quelle sorte de surprise la prof de maths pouvait nous préparer. Que ce soit une bonne surprise, ça, on en doutait fort...

*

Le cours suivant, dès que la prof est entrée, on l'a bombardée de questions :

– La surprise, madame ? C'est quoi ? La surprise, madame ? Etc.

Un sourire (opératique ?) aux lèvres, elle a lancé :

– Calmez-vous, sinon je vous chante *Tosca* en suédois. La surprise, ce sera pour la fin de l'heure !

Une fois encore, son truc a fonctionné, d'autant qu'elle nous a collé une interro... surprise. Autant dire que le silence régnait dans la classe. Et puis, alors qu'on venait juste de rendre nos copies, la porte s'est ouverte et M. Gusi est entré. M. Gusi est mince, toujours vêtu de noir, et il est coiffé en pétard. Et c'est notre prof de musique.

– C'est ça, la surprise ? a demandé Roméo, avec une grimace de dégoût.

– Ils vont se marier ! s'est écriée Zeynep, tout excitée.

M. Gusi a eu un large sourire (euphorique ?).

– Dans un certain sens, c'est exact. Bravo, Zeynep.

Mlle Dulac a lancé au prof de musique un regard qui n'avait rien de romantique, ce qui, loin d'embarrasser ce dernier, l'a fait éclater de rire.

– J'explique pour qu'il n'y ait pas de malentendu ! Nous allons marier musique et mathématiques, pas nos personnes respectives.

– Ça veut dire quoi ? l'a interrompu Théo.

– Que Mlle Dulac et moi n'avons pas de projet de mariage…

Là, un « oh » de déception s'est propagé dans les rangs de la classe.

– … mais nous avons un projet pédagogique en commun qui vous intéresse directement.

« Projet pédagogique », merci ! On avait donné : l'année dernière, notre prof de français nous avait fait participer à un jeu télévisé débile sur la lecture (qu'on a gagné, je précise). Conclusion : projet pédagogique = catastrophe assurée.

Mlle Dulac a expliqué :

– M. Gusi et moi-même, nous vous proposons de participer au projet *Opéramath*.

Elle s'est tue, attendant questions et réactions, mais un silence de mort s'était abattu sur nos têtes. Elle nous « proposait de participer » ! Comme si tout n'était pas déjà décidé et que notre avis comptait moins que trois cacahuètes avariées !

La prof a donc continué :

– Nous allons créer et interpréter ensemble une œuvre musicale en lien avec le programme de mathématiques de 4e.

L'accablement général s'est fait plus pesant encore, tout juste agrémenté d'un gargouillement sonore, provenant sans doute du ventre d'Émilien, une rangée devant moi. J'ai regardé ma montre : 10 h 45, l'heure de sa troisième pause petit déjeuner. Preuve de son désespoir : il l'avait oubliée.

– Pas de commentaires ? Des questions ? a demandé M. Gusi.

Quelques grognements et soupirs déprimés ont été les seules réponses. Pendant que les profs continuaient leurs explications, chacun est retourné à ses occupations :

– À l'aide de feutres, Oleg a peint ses ongles aux couleurs de son équipe de foot favorite ;

– Zorra (une nouvelle, elle aussi) a fait toutes sortes de grimaces en se regardant dans un miroir de poche : elle est persuadée d'avoir des rides, alors elle pratique la gymnastique faciale ;

– Roméo et Théo ont commencé une bataille navale ; comme ils sont assis dans deux rangées opposées, ils sont obligés d'utiliser de petites pancartes pour communiquer.

Katia lisait un polar quelconque… Ah non ! Contrairement à ses habitudes, elle écoutait les profs.

– Nous écrirons les textes en cours de maths, blablatait Mlle Dulac. La partie musicale sera réalisée en cours de musique.

– Et nous aurons deux stages de trois jours chacun pour finaliser le projet, racontait M. Gusi.

– Qu'est-ce qui t'arrive ? ai-je demandé à Katia. Pourquoi tu ne lis pas ?

– Chut ! m'a-t-elle ordonné.

Je l'ai regardée avec inquiétude. Qu'est-ce qu'elle avait ? De la fièvre ? Des hallucinations provoquées par la bouillie verte qu'on nous sert à la cantine sous le nom d'épinards ?

Soudain, elle a levé le doigt et questionné :

– C'est quoi, un stage ?

Je dois dire que les profs ont été aussi étonnés que moi qu'un élève se manifeste.

– Tout simple, a répondu M. Gusi. Nous irons à l'école de musique pour répéter notre opéramath.

– On chantera alors ? a demandé Katia.

Je jure, je l'ai vu : elle a rougi (légèrement), et c'était bien la première fois que ça lui arrivait depuis que je la connaissais !

– Bien sûr ! a répondu Mlle Dulac.

Derrière moi, ont fusé des « wouaoulou » et des « lalala » chantés du grave à l'aigu. Je me suis retourné : c'était Enguerrand (l'orang-outan retentissant) qui, des écouteurs sur les oreilles, chantonnait en secouant la tête comme une vache qui aurait avalé un cactus.

J'ai cru que les profs allaient piquer une crise de nerfs, ce qui aurait animé un peu le cours. Pas du tout : un sourire (pédagogique ?) illuminant son visage, la prof de maths s'est extasiée :

– Oh, Enguerrand, tu as une voix superbe !

*

Ce soir-là, j'ai raccompagné Katia jusqu'au foyer d'accueil où elle habite. Enfin, j'ai eu l'intention de…

Dès la sortie du collège, j'ai commencé :

– C'est vraiment débile, ce projet d'opéra… Qu'est-ce qu'ils s'imaginent, les profs ? Qu'on va chanter du classique ?

Katia n'a pas réagi. J'ai continué sur ce ton pendant deux cents mètres, mais j'attendais un peu d'encouragement de sa part. Je me suis arrêté brusquement.

– Pourquoi tu ne dis rien ?

Elle a haussé les épaules. On a marché un moment en silence. Au croisement, devant la pharmacie, alors qu'on attendait au feu, j'ai aperçu Enguerrand sur le trottoir d'en face.

– Tiens, le singe même pas poilu, j'ai dit.

Katia m'a saisi par le bras.

– Parce que t'en as des poils, toi ? a-t-elle ricané.

J'ai ouvert la bouche, mais ma voix s'est coincée dans ma gorge et je n'ai sorti qu'un couac enroué, mi-coassement, mi-croassement. Autrement dit : mi-crapaud, mi-corbeau. Quant à savoir qui coasse et qui croasse, je donne ma langue au chat (des voisins).

Ma réponse c(r)oassée a réussi à arracher un sourire (épisodique ?) à Katia.

De l'autre côté de la rue, Enguerrand nous regardait, ce qui m'a un peu fait perdre mes moyens.

– Tu lui trouves quoi à ce Martien ? ai-je demandé à Katia en indiquant l'individu d'un signe de tête. C'est parce qu'il est fils de chirurgien qu'il t'impressionne ?

Katia m'a lancé un regard chargé d'électricité (100 000 volts au moins), et j'ai vite changé de sujet.

– Ce truc, là, *Opéramath*, tu trouves pas ça bizarre ?

– Hon, hon, a grommelé Katia en mâchouillant sa natte.

– Tu peux traduire ? ai-je insisté.

– Non, je ne trouve pas ça bizarre. Super intéressant, même.

– Sérieux ?

– Hm, hm !

– Tu as vraiment envie de chanter sur scène ?

– Hm, hm !

J'ai failli lui arracher sa natte de la bouche. Mais bon, avec Katia, mieux vaut être prudent. J'ai tenté une diversion :

– C'est parce que tu veux mettre un décolleté plongeant comme la prof ? C'est vrai que ça a bien poussé, ai-je dit finement en matant avec un sourire (romantique ?) les trucs… euh les machins… ou disons : les choses qu'on devinait sous le pull de Katia.

Elle m'a fixé un moment, je suis devenu rouge framboise, puis, brusquement, elle a traversé la rue et a rejoint Enguerrand, l'orang-outan chantant-dégoûtant-extraordinairement-exaspérant.

*

De retour à la maison, j'avais le moral dans les socquettes. J'ai tout essayé pour ne plus penser à Katia :

– me couper les ongles des doigts de pied ;

– jouer à un jeu vidéo (score : 00) ;

– ranger mes mangas (dans le congélateur) ;

– gribouiller sur mon cahier de maths (des décolletés).

En désespoir de cause, j'ai décidé de faire une heure de muscu. Comme je n'ai pas d'haltères (trop cher, dit mon père), j'ai pris les deux plus

gros bouquins de la bibliothèque. Au bout de cinq minutes, l'un d'eux m'est tombé sur la tête, puis sur le tapis. Un vieux livre de cuisine. Il s'est ouvert sur la photo d'un dessert, des pêches avec des cerises confites, qui ressemble aux trucs… euh aux machins… ou disons : aux choses qu'on devine sous le pull de Katia. Ça s'appelle des « tétons de Vénus » !

Démoralisé, j'ai arrêté la muscu et révisé ma leçon d'anglais.

la prof est nulle
échauffement vocal - 5 min !
ma, me, mi, mo, mouuuu !
pfff

Chapitre 3

C'était pire que ce que j'imaginais.

Désormais, les cours de maths commençaient par cinq minutes « d'échauffement vocal ». Concrètement :

– on devait se masser le visage ;

– on apprenait à respirer par le ventre ;

– on chantait dix fois de suite « ma, me, mi, mo, mou ».

Et toutes sortes d'exercices bizarres.

Au début, c'était la grande rigolade. Roméo faisait « meuh », Théo aboyait, Coralie gazouillait, Zeynep bramait, une vraie ménagerie. Mais la prof n'a pas lâché. Sans s'énerver, elle lançait son « Si vous continuez, je chante *La Traviata* en bas-breton », et on se calmait à peu près.

Je me demandais comment ça marchait, son truc. Un jour, j'ai essayé avec ma mère qui me criait dessus parce que je n'avais pas rangé ma chambre. Aucun succès. J'ai eu beau hurler : « Si tu ne baisses pas le son, je te chante *Tosca* en javanais », elle ne s'est pas calmée. Au contraire : elle a envoyé valdinguer le bazar accumulé sur le bureau, les tas de vêtements éparpillés partout. Elle a même renversé couette et matelas et découvert… des trucs qu'elle n'aurait pas dû découvrir.

Là, je laisse un blanc parce que je rougis rien qu'en y pensant.

Autre blanc : là, je verdis (de rage) parce qu'elle a tout confisqué ! Oui, oui, elle m'a volé les pots de pâte à tartiner dont je me gave alors que le médecin me les a interdits (paraît que ça donne de l'acné, mais je n'ai pas d'acné, juste quelques boutons entre le bas du dos et le haut des cuisses).

Mais revenons à nos moutons. C'est le cas de le dire, car on n'arrêtait pas de bêler en cours de maths et de musique. Un autre truc : le prof de musique avait composé des mélodies sur les règles et formules de maths et, à la fin des cours, Mlle Dulac nous les faisait répéter en chœur. D'après elle, cela nous aidait à mémoriser.

Le pire, c'est que les mélodies s'incrustaient dans la cervelle. Un jour, à table, mon père m'a demandé si je revoulais de la tourte au saumon, et moi, complètement conditionné, je lui ai chanté :

– Le cercle circonscrit à un triangle ABC est le cercle passant par les trois sommets A, B, C.

– Arrête de croasser ! a dit ma mère.

– Non, non, il ne croasse pas, il coasse, a commenté mon père.

– Je ne sais pas s'il croasse ou coasse, mais ce qui est sûr, c'est qu'il agace ! a rétorqué ma mère.

Je le concède, ma voix n'était guère mélodieuse. Elle craquait sans arrêt : quand je commençais dans l'aigu, elle déraillait soudain vers le grave, et *vice versa*.

En classe, quand il fallait chanter, je me faisais discret, comme la plupart des garçons. Sauf Enguerrand, qui braillait à tue-tête avec sa voix de fillette. M. Gusi et Mlle Dulac s'extasiaient dès qu'il ouvrait le bec. Les autres profs un peu moins, car il gazouillait même en français, en anglais ou en EPS, tout en continuant ses singeries habituelles.

Katia était la seule à le défendre.

– Ce n'est pas de sa faute, m'a-t-elle expliqué un jour, très sérieusement. Il a besoin d'attirer l'attention, parce que ses parents n'ont pas le temps de s'occuper de lui.

J'ai failli répondre : « Et toi, tes parents s'occupent de toi ? » Par chance, ma voix s'est coincée dans la gorge.

En attendant, au lieu de poursuivre avec moi son entraînement au *french kiss* derrière le garage à vélos, elle passait ses récréations à discuter avec le singe chantant.

En plus, le jeudi, elle prenait un cours de chant avec Mlle Dulac, qui trouvait qu'elle avait une super-voix de « mezzo-soprano » (kézako ?). Depuis, elle avait toujours une écharpe autour de la gorge, pour tenir son gosier au chaud, et ça m'empêchait d'observer les progrès des trucs… euh des machins… ou disons : des choses qu'on devinait sous son pull.

*

Mi-décembre a eu lieu notre premier « stage ». Trois jours à l'école de musique. Au programme :

– une heure de « technique vocale » obligatoire (« ma, me, mi, mo, mou » et autres « aaaaaaa ») ;

– une heure de « technique musicale » : rythme, improvisation, etc.

– trois heures d'atelier au choix ;

– et pour finir une heure de chorale.

Moi, j'ai choisi l'atelier « construction d'instruments ». Ça m'avait l'air le moins risqué. Les autres ateliers étaient : « écriture du livret d'opéra » et « composition musicale ».

C'est un copain de M. Gusi qui dirigeait l'atelier « instruments », Ludovic, un grand barbu. Première étape : rassembler des matériaux. Avec Roméo et Zorra, on est allés à la déchetterie. On s'est trompés de bus et, au terminus, on s'est retrouvés devant un centre équestre. Zorra a voulu absolument ramasser du crottin de cheval pour son jardin. Quand on a repris le bus, en sens inverse, les gens nous regardaient curieusement. En retournant à l'école de musique, j'ai aperçu un homme qui chargeait des matériaux dans une remorque.

– On peut se servir ? ai-je demandé.

– À votre bon cœur ! Ce sera autant de moins que j'aurai à transporter à la déchetterie.

On a ramassé un tuyau, des planches, un vieil arrosoir, des roues de vélo. Ludovic nous a félicités, tout en reniflant bizarrement.

– Bravo, c'est exactement ce qu'il nous faut. Mais où avez-vous pêché tout ça ? Dans une fosse à purin ?

– Non, à la déchetterie, ai-je répondu, ce qui était quasiment la vérité.

On a fabriqué des tas d'instruments : à percussion, à vent, à cordes, etc. Quand on les a essayés, ça faisait un boucan génial.

Katia était dans le groupe « écriture du livret », avec Enguerrand, l'orang-outan qui chante comme un enfant de sept ans. Pas de commentaire.

Le dernier jour, le groupe de Katia nous a présenté l'histoire qu'ils ont pondue pour l'opéramath. En gros : au VIe siècle avant J.-C. deux mathématiciens, les dénommés Thalès et Pythagore, se retrouvent sur une plage.

Ils dessinent des figures géométriques sur le sable et se marrent comme des imbéciles en imaginant la tête des élèves du XXIe siècle en train de se casser la tête sur les théorèmes qu'ils ont inventés.

Je ne suis pas sûr d'avoir tout retenu, car avec Roméo on faisait un concours d'ombres chinoises pendant que les copains racontaient leur délire. J'ai gagné, avec la silhouette de Mlle Dulac en train de chanter *La Traviata*.

À la fin de la journée, les profs ont distribué les rôles pour le spectacle. Katia jouerait Thalès et Enguerrand serait Pythagore.

Quant à moi, je serais un triangle quelconque (vexant !!!).

Chapitre 4

Puis il y a eu les vacances de Noël. À peine le temps de souffler, car la prof de maths nous avait annoncé une interro pour le jour de la rentrée.

Katia est partie une semaine au ski avec son foyer.

Je suis allé réviser les maths chez Zorra, avec Roméo et Coralie. J'ai apporté un paquet de petits gâteaux, Coralie des chocolats, et Roméo trois kilos de crottin de cheval. Ravie, Zorra est allée les étendre sur ses plates-bandes (les trois kilos de crottin, pas les gâteaux et les chocolats). C'est vraiment une passionnée de jardinage :

elle nous a fait goûter les choux de Bruxelles qu'elle a elle-même récoltés. J'aurais préféré une tartine au Nutella, je dois dire.

On a quand même révisé nos maths. Plus précisément : on a chanté en chœur les règles et théorèmes mis en musique par M. Gusi. Sauf qu'on en a fait une version hard rock en tapant joyeusement sur la batterie de cuisine. Roxy, le chien de Zorra, a beaucoup apprécié, à en croire ses aboiements désespérés.

En partant, j'ai fait la bise à Zorra. Elle sent très bon, en réalité. Je lui ai demandé le nom de son parfum. C'est *Fleurs des champs*.

*

La veille de la rentrée, Katia a passé la journée chez nous. C'était le premier jour des soldes, et elle a couru les magasins avec ma mère. J'ai proposé de les accompagner, mais interdit ! « Ce n'est pas pour toi », a dit ma mère. Naturellement, ça m'a rendu curieux, et j'ai profité qu'elles étaient à la cuisine pour fouiller dans leurs achats. C'est bien ce que je pensais : elles ont acheté de la lingerie féminine.

Mon père est entré juste à ce moment-là. Avec un sourire (angélique ?), j'ai demandé, innocent :

– Qu'est-ce que c'est, ça ?

– Ah, a soupiré mon père, si tu savais ce que ça coûte au centimètre carré, ces machins-là ! Plus c'est mini, plus c'est cher !

Il était lancé, et je me suis réfugié dans ma chambre pour échapper à ses discours. Intrigué quand même, j'ai recherché sur Internet. C'est vrai, ce n'est pas donné, les dentelles intimes. J'ai tenté de calculer le prix d'un string au millimètre, au centimètre et au mètre carré. J'ai couvert cinq pages de calculs sans être sûr du résultat.

Katia m'a rejoint, un paquet à la main.

– Tiens, j'ai trouvé ça pour toi, a-t-elle annoncé.

« Ça », c'était un boxer rouge imprimé de formes géométriques.

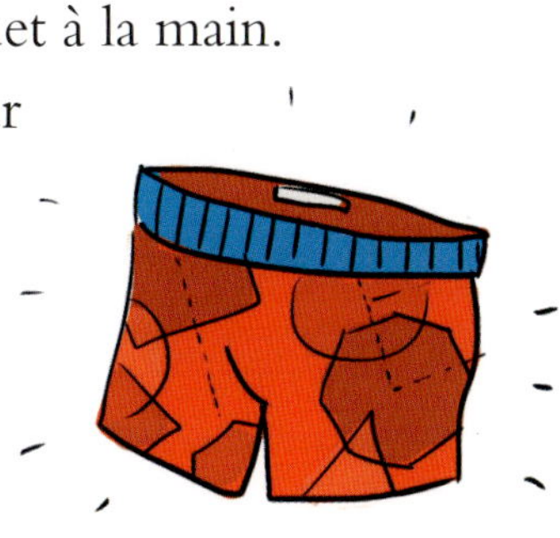

Je n'ai pas eu le temps de réagir : elle m'a embrassé sur la joue et a tourné les talons.

*

J'ai eu une super-note à mon interro de maths. Sûrement parce que je portais le boxer offert par Katia.

Je me suis demandé si elle n'en avait pas offert un aussi à Enguerrand, car le babouin musicien a eu 10/20, un exploit pour lui. Il n'a pas cessé de chantonner pendant le cours, ce qui a fini par énerver Miss Dulac qui nous faisait répéter (paroles et musique) une nouvelle formule : « Factoriser une somme de termes, c'est la transformer en un produit de facteurs. »

Après l'avoir menacé en vain de chanter *La Traviata* en chinois, finnois et suédois, elle a explosé et s'est mise à hurler (chanter) : « Factoriser une somme », etc.

Hou, là, là ! Elle a une voix d'enfer, la prof. Elle a littéralement décoiffé tous ceux qui n'avaient pas une tonne de gel sur les cheveux. Après un temps de stupéfaction, chacun a commenté à sa façon :

– C'est la Castafiore ? (Zeynep.)

– Madame, vous avez perdu un bouton de votre corsage ! (Coralie ; c'était vrai, en plus.)

– Elle va faire tourner mon yaourt au citron à 0 % de matières grasses ! (Émilien ; il est au régime.)

– C'est ça, *La Traviata* en bas-breton ? (Roméo.)

Après avoir repris son souffle, la prof a marmonné :

– Non, c'était une improvisation personnelle, et je continue si vous ne vous calmez pas.

Bien sûr, on lui a demandé de recommencer, mais vous connaissez les profs : ils ne tiennent jamais leurs promesses.

Au contraire, la prof nous a fait chanter en chœur : « Factoriser une somme de termes », etc. Comme j'étais à côté de Roméo et Coralie, on a chanté en version rock, en se planquant derrière les copains de devant. Mais la prof nous a repérés.

– Tiens, tiens, il semble que certains aient une interprétation originale, a-t-elle commenté. Qu'ils viennent la proposer au public !

On s'est donc traînés jusqu'à l'estrade. On a utilisé le bureau comme batterie et on a fait notre numéro. Coralie s'est déchaînée. Elle a terminé à genoux aux pieds d'Émilien qui en a avalé de travers la biscotte qu'il grignotait. Moi, j'ai tapé tellement fort sur le bureau qu'il s'est renversé sur le premier rang.

Cool ! La prof a tellement ri qu'un deuxième bouton de son corsage a sauté.

Katia m'a attendu à la sortie du cours.

– C'était sympa, votre musique, a-t-elle dit. Tu as changé de voix, tu sais ?

– Comment ça ?

– Tu ne dérailles plus de l'aigu au grave. Tu as mué.

– Ah oui ?

Je suis resté idiot un moment. Puis je l'ai regardée. Pour une fois, elle n'avait pas d'écharpe autour du cou, mais un pull à col roulé. Très moulant. J'ai souri. J'ai indiqué sa poitrine, et j'ai dit :

– Toi aussi, tu as mué. Ça te va bien.

Elle a souri à son tour. Mais, juste à ce moment, elle a aperçu Enguerrand en train de se bagarrer avec un type deux fois plus gros que lui. Elle s'est précipitée à son secours.

Chapitre 5

Le deuxième stage a eu lieu début avril. Le premier jour, il y avait trois ateliers : « décors et costumes », « pratique des instruments » (ceux qu'on avait fabriqués) et « atelier spécial » pour ceux qui avaient un rôle soliste (pas mon cas).

J'ai choisi « décors et costumes », imaginant qu'on allait bricoler et bien s'amuser. C'était oublier la perversité des profs : Mlle Dulac nous a distribué des plans à l'échelle, et, avant de toucher aux scies et aux marteaux, on a dû faire trois heures de calcul de proportionnalité ! « N'oubliez pas que le but est d'assimiler le programme », a rappelé la prof.

Heureusement, à la pause, une bonne surprise nous a remonté le moral : un apprenti boulanger est arrivé avec deux panières de brioches. Allez savoir pourquoi, Mlle Dulac a rougi jusqu'aux oreilles. Elle nous a invités à nous servir et on s'est rués comme des affamés sur les brioches (fameuses !).

*

Ce soir-là, ma sœur Léonie et son Cyril sont venus dîner à la maison. Katia aussi.

– Au fait, j'ai vu votre prof de français de l'année dernière, Mme Croazic, a raconté Léonie après l'entrée. Elle est passée à la librairie avec son compagnon.

– Elle a un mec ? me suis-je écrié.

Je n'arrivais pas à imaginer qu'un type normal puisse vivre avec une nana qui passe son temps à lire ! C'est pourtant ce que fait Cyril avec ma sœur, qui est libraire. Mais lui, c'est un prof, donc pas un type normal. Alors...

– C'est un prof, n'est-ce pas ? ai-je demandé (pour vérifier si mon raisonnement était logique, comme dirait Miss Dulac).

– Je n'en sais rien, a répondu ma sœur. Il est plutôt beau garçon, mince et les cheveux en pétard ; il a acheté une pile de mangas. Quant à Mme Croazic, elle est très contente dans son nouveau collège.

Franchement, ça me soûlait, ces histoires de profs en plein repas. En plus, Katia parlait d'Enguerrand avec Cyril. De quoi me couper l'appétit. Machinalement, je jouais avec mon couteau et ma fourchette. Tout à coup, ma mère s'est écriée :

– Romain, arrête de jouer avec la nourriture !

Surpris, j'ai regardé mon assiette : je venais de découper mon escalope en carrés, rectangles et triangles isocèles !

Horreur, j'étais contaminé ! Si je ne réagissais pas, j'aurais bientôt la tête farcie de chiffres, formules et théorèmes ! Pour commencer, je me suis jeté sur le dessert, de la mousse au citron. J'ai vidé ma coupelle en un temps record, battant à plate couture mon goinfre de beau-frère. Ça m'a un peu remonté le moral. Satisfait, le ventre plein, je me suis mis à chantonner…

Soudain, Katia m'a donné un coup de coude.

– Hé, tu te rends compte de ce que tu chantes ?

– Non, pourquoi ?

– C’est un air de l’*Opéramath* !

Oh non ! C’était encore plus grave que je ne pensais : les maths étaient en train de me détraquer la cervelle !

*

Le lendemain, deuxième jour du stage, j’étais bien décidé à me laver le cerveau de toute trace de maths ou musique.

Raté.

Le matin, j’étais de nouveau en atelier « décors et costumes », mais impossible de coudre un bonnet ou de fabriquer un triangle sans calculer la surface en centimètres carrés et le prix de revient en euros, dollars et en patacas (c’est la monnaie de Macao). À midi, j’avais l’impression que mon assiette de coquillettes était remplie de chiffres et de symboles mathématiques.

Seule consolation : l’apprenti boulanger est revenu, cette fois avec des croissants. En partant, j’en suis sûr, il a fait un clin d’œil au prof de musique. Zorra l’a vu aussi. Elle pense que c’est M. Gusi qui a commandé les viennoiseries, pour faire la cour à Mlle Dulac. D'ailleurs, la prof de maths a rougi quand M. Gusi lui a offert un croissant.

L'après-midi, pour me changer les idées, j'ai participé à l'atelier « instruments ». J'ai joué du vélorole, l'instrument que j'ai fabriqué avec une roue de vélo, une casserole et deux tuyaux. Comme je n'avais que dix-sept notes à jouer, je pensais que j'allais me reposer. Ouais, mais il fallait compter sans arrêt les pauses et les silences. Résultat : au bout d'une heure, j'avais la tête transformée en compteur électrique.

À quatre heures, on a eu une livraison de pains au chocolat. Mlle Dulac était tout embarrassée et M. Gusi tout réjoui.

*

En fin d'après-midi, on avait une répétition de l'opéra. Disons : une tentative de répétition. Mlle Dulac a eu la mauvaise idée de demander :

– Eh bien, qui peut rappeler l'histoire de notre opéra ? En résumé bien sûr !

Là, il est apparu que la plupart avaient complètement oublié de quoi il s'agissait :

– C'est pas deux types qui se rencontrent dans un train pour jouer aux cartes ? a proposé Oleg.

– Pas du tout ! l'a coupé Zeynep. Ils jouent avec des cerceaux sur une plage.

– N'importe quoi, c'est deux voyageurs de l'espace qui construisent une fusée ! a braillé Coralie.

–Y en a pas un qui se noie en prenant son bain ? a demandé Théo.

Chacun a proposé son interprétation, ce qui a déclenché une discussion mouvementée. La prof a dû nous menacer de *Carmen* en albanais et de *Don Giovanni* en quechua avant qu'on se calme.

Elle a résumé elle-même l'opéra, mais ce n'était pas plus passionnant pour autant. Le seul moment intéressant, c'était la scène où les élèves, assommés de théorèmes, se révoltaient contre leur prof de maths.

– Soyez naturels, a dit M. Gusi.

Et on lui a obéi. On s'est jetés sur Roméo (qui jouait le prof de maths) en hurlant « Aux chiottes, le prof » et autres gentillesses, et on l'a à moitié assommé.

C'était vraiment naturel, je trouvais, mais les profs n'ont pas apprécié. Ils ont réécrit la scène. Finalement, il y aura un seul élève qui lèvera le doigt et dira :

– C'est trop difficile, on n'y comprend rien.

Passionnant !

*

À la sortie, Katia m'a demandé :

– Tu m'accompagnes ?

Alors je l'ai accompagnée. Enguerrand nous a aussitôt collés aux talons. Il n'arrêtait pas de chantonner un air de l'opéra. Katia l'a corrigé parce qu'il chantait faux une note aiguë et elle lui a donné un cours de chant en pleine rue. Ils ont repris l'air au moins trente-six fois. Les poings dans les poches, je ne disais rien, mais je faisais une gueule longue comme d'ici à la plage de Copacabana.

Finalement, Katia a dit :

– *Ciao*, Enguerrand, tu peux y aller maintenant.

Et lui, obéissant comme un petit caniche (si, si), s'est carapaté en sautillant comme une puce alcoolique (si, si).

On a marché un moment. Je commençais à me décontracter quand Katia m'a pris la main et m'a entraîné derrière le kiosque à journaux. Elle m'a regardé avec un petit sourire (érotique ?) puis, direct, elle s'est collée à moi et m'a fait une démonstration de *french kiss*. Cela faisait un moment qu'on ne s'était plus entraînés, mais on n'avait pas perdu notre technique. Et puis, oh ! là, là ! j'ai senti sur mon torse les trucs… euh les machins… ou disons : les choses qu'on devinait sous son pull, et… et… c'était pas désagréable.

*

Le troisième jour du stage, on a eu des pains aux raisins au goûter. Mlle Dulac a rougi, M. Gusi a souri. C'était clair : il était amoureux d'elle, et on en profitait.

– Bizarre, a marmonné Coralie.

– Pourquoi *bizarre* ? ai-je demandé la bouche pleine.

– Tu trouves que c'est une façon normale de draguer une nana ? Offrir à ses élèves des brioches et des croissants ?

– C'est vrai, ai-je répondu. Mais c'est un prof…

À part ça, la journée a été normale. Émilien n'a pas voulu du costume qu'on lui avait préparé pour la « danse des figures géométriques ».

Il représentait la ligne brisée, et on avait prévu de lui dessiner une ligne dans le dos et sur le ventre. Évidemment, il fallait qu'il se mette tout nu, ou au moins en slip de bain, mais il a refusé tout net. Zorra a trouvé la solution :

– Il n'a qu'à imiter une ligne qui a le cœur brisé.

En clair : Émilien s'est assis par terre avec un paquet de mouchoirs et une canne à pêche (parce que pêche à la ligne !!!). Il fallait y penser.

– O.K., a dit la prof, mais interdit de grignoter des biscottes, sinon ce ne sera pas crédible.

*

Comme on avait fini plus tôt que prévu à l'atelier « décors et costumes », je suis allé écouter les solistes répéter. En plus de Katia et Enguerrand, il y avait Zeynep, Coralie et Roméo. Roméo joue un prof de maths, Coralie la déléguée de classe et Zeynep une astronaute hollandaise.

Enguerrand n'était pas en forme. Au lieu de grimper au plafond, comme d'habitude, il était avachi sur une chaise, et sa voix avait du mal dans les notes aiguës.

– Redresse-toi, lui a dit Katia. Respire par le ventre, utilise ton diaphragme !

Je ne voyais pas ce que le diaphragme avait à voir avec le chant, mais Enguerrand a obéi sagement. Il s'est redressé, a respiré profondément, s'est remis à chanter. Sa voix s'est envolée vers l'aigu, mais, arrivée là-haut, elle a craqué. Couac !

« Tiens, je me suis dit, lui aussi il coasse (ou croasse). »

Katia lui a mis la main sur le ventre, en dessous du nombril. « Mais qu'est-ce qu'elle fait ? » me suis-je demandé.

– Recommence, a-t-elle dit en lui appuyant sur le ventre. Respire plus bas.

Enguerrand s'est remis à chanter, et sa voix a tenu l'aigu un peu plus longtemps.

Pendant ce temps, Mlle Dulac papouillait pareillement mon copain Roméo. Elle avait la main sur son ventre (sous le nombril) et lui disait tout pareil :

– Respire avec le diaphragme, Roméo.

Et cet idiot se tortillait en couinant :

– Ça me chatouille, ça me chatouille !

Qu'est-ce qu'ils fabriquaient tous ? C'était ça, la leçon de chant ? Hé, moi aussi je voulais me faire masser le ventre ! Alors, j'ai demandé :

– Et comment on respire avec le diaphragme ?

Coralie a eu pitié de moi et m'a fait une démonstration. Elle m'a pris la main droite, l'a mise sur son ventre, a respiré profondément, et, oui, j'ai senti des muscles bouger. Et, oui, je suis devenu rouge tomate confite. C'était la première fois que je touchais une fille à cet endroit-là.

– À toi ! m'a dit Coralie.

Elle m'a posé la main sur le ventre, j'ai respiré comme j'ai pu, j'ai ouvert la bouche et j'ai lâché une note longue, sonore, qui m'a rempli la tête.

Ils m'ont tous regardé. Coralie avait toujours la main sur mon ventre. Plutôt gênant. J'ai souri bêtement :

– Hm, hm, c'était juste un essai…

– Mais tu as une voix de ténor ! s'est exclamée Mlle Dulac.

– Ténor ? Ténor ? Est-ce que j'ai une tête de ténor ? ai-je grommelé, vexé.

La prof a rigolé.

– Ténor, c'est la voix la plus haute pour les hommes. Dans les opéras, les amoureux sont presque toujours des ténors.

J'ai retrouvé ma belle couleur tomate confite et j'ai baissé les yeux modestement.

– Tu devrais chanter avec nous, a dit Katia.

– Oui, a dit la prof. J'avais pensé à un rôle de géomètre qui…

– Non, non, j'ai balbutié, non, je…

J'ai attrapé mon sac à dos et je suis sorti en courant. Je ne sais pas pourquoi, la panique m'est venue, et je me suis enfui.

Je me suis calmé après deux cents mètres. J'ai traîné les pieds pour rentrer à la maison. Des morceaux de l'opéra me tournaient en boucle dans le ciboulot. « Si un triangle ABC est rectangle en A, alors $BC^2 = AB^2 + AC^2$, tralala, tralala. » Bref : j'étais grave atteint. Je me suis même demandé à quelle vitesse j'avançais sachant qu'il y a 208 mètres de la pharmacie au magasin de sport et que j'avais mis 4 minutes et 48 secondes pour parcourir la distance. Bref de bref : mon cas était désespéré.

À un moment, j'ai entendu des pas marteler le trottoir derrière moi. Katia ? Non : Enguerrand, qui avançait par bonds, style éléphant qui a avalé une nuée de sauterelles. Il m'a dépassé, s'est arrêté une demi-seconde et m'a lancé :

– Salut, mon pote !

Mais c'était peut-être une hallucination.

J'ai continué de mon pas de tortue accablée de problèmes (sentimentaux), figures (de style) et théorèmes (à la crème). Soudain, j'ai été aveuglé. Par deux mains pressées sur mes yeux. J'ai reconnu les mains, bien sûr, fines, nerveuses, légèrement parfumées (au savon des toilettes du collège). J'ai fait :

– C'est toi, Zorra ?

– Crétin ! a répondu Katia en me donnant un coup de coude dans les reins.

J'ai fait « Oh ! » en jouant la surprise, et puis « Aïe, ça va pas la tête ! », me rappelant qu'elle m'avait fait mal.

Elle a haussé les épaules et m'a pris par la main. Mais pas comme un gosse qu'on amène à l'école ou chez le dentiste. Non, là, le but de la promenade était nettement plus intéressant…

… Oui, oui, on est allés au bord du lac jeter des morceaux de pain aux canards et on a vu Mlle Dulac et M. Gusi en moto. Pour M. Gusi, je ne suis pas sûr, car il avait un casque et une combinaison de cuir. Mlle Dulac aussi, d'ailleurs.

Mais c'était sûrement elle.

Chapitre 6

D'habitude, au mois de mai, avec tous les jours fériés, on décompresse un peu. Mais cette année, non. Avec le projet *Opéramath*, les profs ne lâchaient pas la pression.

– Les représentations auront lieu le 2 juin, a annoncé un jour Mlle Dulac. Une l'après-midi pour vos camarades du collège et une en soirée pour les parents et les personnes intéressées.

Silence consterné dans la salle. Et puis Zeynep a demandé, d'une voix blanche :

– Parce qu'on va jouer devant les autres classes ?

– Qu'est-ce que vous vous imaginiez ? C'est un spectacle ! Et un spectacle, ça se partage, a répondu Mlle Dulac. Vos parents seront fiers de vous.

– Mais les copains vont se ficher de nous ! a râlé Oleg.

– Et pourquoi ?

– Ben, personne n'aime l'opéra, c'est pour les vieux…

– Parce que je suis vieille, moi ? a demandé la prof.

Comme elle se penchait en avant et que, ce jour-là, elle avait un tee-shirt assez décolleté et plutôt moulant (il faisait très chaud), j'ai répondu spontanément :

– Oh non, madame !

J'ai aussitôt corrigé :

– Enfin, pas trop…

Ouf! La prof m'a regardé avec un petit sourire (mélancolique ?) et a continué :

– Si vous y mettez toute votre conviction, toute votre passion, vous verrez, ce sera un triomphe.

Je crois qu'on a tous soupiré à la fois, à part peut-être Katia et Enguerrand. En tout cas, la température dans la classe s'est rafraîchie. Une feuille a volé sur le bureau de Mlle Dulac et atterri sur mon bureau. C'était un papier d'emballage de la boulangerie-pâtisserie *Chocolatine*. Il était couvert de cœurs dessinés au feutre vert. Je l'ai discrètement remis sur le bureau et n'en ai parlé à personne.

Sauf à Roméo, Zorra, Oleg, Émilien et Coralie (et quelques autres), pendant la récréation. On parlait des représentations de l'opéramath.

– On va se faire siffler par tout le collège. (Roméo.)

– Ils vont se marrer comme des malades. (Coralie.)

– Il faut qu'on trouve un truc pour sauver notre peau. (Oleg.)

– Je crois que j'ai une idée. (Zorra.)

– Ah, et c'est quoi ? (Roméo.)

– C'est pas encore très clair dans ma tête… Je vous expliquerai ce soir. (Zorra.)

– Moi, je lui ferai des choux à la crème. (Émilien, secouant son tee-shirt semé de miettes de biscotte.)

On l'a regardé en soupirant (on est vraiment synchro quand il s'agit de souffler un peu d'air frais).

– Tu suis la conversation, au moins ? a demandé Coralie.

– Ben oui, a dit Émilien. Je l'aime bien, moi, Mlle Dulac.

On a haussé les épaules (toujours synchro) et on est retournés en cours (beaucoup moins synchro).

*

Le soir même, devant le collège, Zorra nous a expliqué son idée. *Nous*, c'est-à-dire un petit groupe d'une dizaine d'élèves de 4e B.

– Génial ! s'est exclamé Roméo quand Zorra a eu terminé.

– Au moins, ils riront pour une bonne raison ! (Coralie.)

–Yé, ça va faire un tabac ! (Théo.)

Etc. Je n'ai rien dit. D'abord parce que je pensais à un truc que je n'avais pas bien compris en cours de maths. Et surtout parce que je savais que l'idée de Zorra ne plairait pas du tout à Katia. Bien sûr, je n'allais pas la prévenir, mais – normal – j'étais partagé.

En plus, Zorra nous avait demandé de définir notre passion. Et là, j'étais sec : c'était quoi ma passion ? Les jeux vidéo ? Le tiramisu ? La lecture (de SMS) ? Les maths (ha, ha) ?...

À vrai dire, ce qui m'intéressait le plus, c'était surveiller la pousse de poils en diverses parties de mon corps et étudier les décolletés des filles. Mais ça, ça devait rester entre moi et moi.

Au repas, ce soir-là, j'étais un peu déprimé et je n'ai pas disputé à Cyril le reste de gratin de macaronis. J'ai dressé l'oreille (droite) quand Léonie a raconté qu'elle avait revu le petit copain de Mme Croazic, mon ex-prof de français :

– Ils sont passés aujourd'hui, a-t-elle dit. Lui a acheté deux livres de cuisine et une biographie de Mozart. Il doit être enseignant, car il m'a demandé la remise…

– Une remise de combien ? ai-je demandé.

– Cinq pour cent, a-t-elle répondu. Sur un total de 76,45 euros.

Automatiquement, je me suis mis à calculer et j'ai raté le dessert. Quand je m'en suis aperçu, il était trop tard : Cyril avait fini la charlotte aux noisettes. Je vais me plaindre à Mlle Dulac !

*

Le 2 juin approchait. On était en pleines répétitions :

– répétitions officielles avec Mlle Dulac et M. Gusi ;

– répétitions secrètes sous la direction de Zorra ;

– répétitions avec Katia qui venait travailler ses solos à la maison et me faisait chanter la partie d'Enguerrand dans les duos.

Bref, je n'en sortais pas et je rêvais de formules de maths, de musique et de tee-shirts. Oui, j'avais décidé que ma passion, c'étaient les tee-shirts. Je récupère ceux de mon frère, de mon père et même de Cyril. J'ai compté : j'en ai 47, la plupart immettables.

En classe, on était sages comme des moutons, ce qui intriguait les profs.

– Je compte sur vous pour les représentations ! disait régulièrement Mlle Dulac.

– Vous inquiétez pas, madame, répondait Zorra (ou Roméo, ou Coralie, ou Théo). On y mettra toute notre passion !

Et on rigolait bêtement, comme des ados dignes de ce nom. Moi, je souriais seulement : je me sentais surveillé par Katia, qui se doutait que quelque chose se tramait.

À part ça, on a dû faire des affiches (géométriques), des invitations (algébriques), des dépliants (arithmétiques), bref on était dans les mathématiques (et la musique) jusqu'aux oreilles.

Et puis, trois jours avant le spectacle, coup de théâtre : Enguerrand (le macaque patraque) est arrivé catastrophé en cours.

– Madame, je peux pas chanter, a-t-il annoncé d'une voix qui faisait le yoyo entre grave et aigu.

Ah, il coassait/croassait à son tour ! La prof était consternée. Et nous ravis, pensant que les représentations allaient être annulées. Mais Katia a levé le doigt :

– Romain peut le remplacer, il connaît le rôle par cœur. Il chantera en voix de ténor, c'est tout.

Trahison ! J'ai ouvert la bouche, remué les lèvres, mais aucun son n'est sorti, tout juste un « beu beu beu » de poisson tiré de son bocal.

– Formidable ! s'est écriée la prof avec un grand sourire (euphorique ?).

– Ouais, ouais, génial ! ont entonné les copains en chœur.

C'est bien ce que je disais : trahison !

À partir de là, j'ai été coaché par Katia, les deux profs et même Léonie qui est venue me faire répéter tous les soirs. Le seul truc bien, c'est que les trois filles me mettaient régulièrement la main sur le ventre en disant :

– Ta respiration ! Utilise ton diaphragme.

Parfois, je faisais semblant de ne pas comprendre, juste pour qu'elles continuent à me masser l'abdomen.

*

Je me souviens à peine de ces trois jours de stress absolu. J'avais été dispensé des autres cours pour répéter, répéter, répéter…

La bande Roméo-Zorra avait peur que je me dégonfle pour notre petite conspiration et me bombardait de SMS. Là aussi je devais répéter, répéter, répéter… que je ne les lâcherais pas.

Et puis, le 2 juin est arrivé. La représentation au collège était à 15 heures. Une scène avait été aménagée dans le gymnase, et les vestiaires servaient de coulisses.

Mlle Dulac a été un peu étonnée de voir notre bande arriver avec des sacs à dos énormes.

– Oh, c'est juste mes affaires de maquillage. (Coralie.)

– J'ai apporté mes doudous porte-bonheur. (Théo.)

– Et moi, quelques paquets de biscottes pour garder la ligne. (Émilien, équipé d'un énorme sac et d'une glacière.)

Etc.

Comme la prof était encore plus nerveuse que nous, elle n'a pas insisté. Elle nous a rassemblés pour une ultime séance de vocalises. Tandis qu'on braillait allègrement, la salle s'est remplie.

Et le spectacle a commencé.

L'orchestre s'est mis en place et a joué comme prévu (par les profs). Les copains ont été impressionnés par nos instruments (surtout mon vélorole, je suppose) et, comme prévu (par nous), se sont bien tenus.

On se doutait que les rires se déclencheraient à la première scène, dès qu'on se mettrait à

Cours de mathématiques

chanter. C'est là qu'on s'était dit : « S'ils veulent rigoler, eh bien qu'ils rigolent pour de bon. »

Aux premiers mots du chœur d'entrée (« Si deux droites parallèles / Coupent un triangle isocèle… »), Roméo a sorti son matériel de plongée (c'est sa passion) et traversé la scène avec palmes, masque et tuba. À peine le rire général s'est-il éteint qu'est apparue Zorra en tutu rose, un arrosoir vert pomme à la main (parce qu'elle a deux passions : la danse classique et le jardinage).

Et ainsi de suite pendant tout le spectacle. Le clou, c'était Émilien qui, pendant sa scène de la ligne brisée, a étalé une batterie de cuisine et pêché une truite (vivante !) dans un faitout !

Quant à moi, chaque fois que j'entrais en scène, je portais un nouveau tee-shirt. J'avais choisi les meilleurs de ma collection :

Les plus gros succès (de rigolade) ont été les deux suivants :

Résumé : délire général, triomphe total. Je me suis trompé deux fois dans les paroles d'un duo, parce que Katia me lançait des regards furibonds. Mais personne n'y a vu / entendu que du feu.

La salle a applaudi à tout rompre. On a eu droit à six rappels.

Dans les coulisses, ça a été un peu plus difficile. Il a fallu s'expliquer avec les profs.

– Qu'est-ce que c'était que ce cirque ? a explosé M. Gusi.

On l'a regardé d'un air innocent.

– Mais on a obéi à Mlle Dulac, a répondu Zorra en battant des cils. Chacun a mis toute sa passion dans le spectacle. Et ma passion, à moi, c'est la danse. Et le jardinage.

Les profs, c'est vraiment naïf. En moins de trois minutes, on les avait persuadés de notre bonne foi, et ils nous ont couverts d'éloges !

– Surtout, ne changez rien pour ce soir ! a dit Mlle Dulac. Gardez votre passion intacte !

Katia ne s'est pas laissé convaincre aussi facilement. Elle m'a traité de toutes sortes de noms d'oiseaux (de bécasseau à troglodyte des marais) jusqu'à ce que quelqu'un s'interpose en ma faveur.

Et, à ma grande surprise, ce quelqu'un était Enguerrand.

Chapitre 7

La représentation du soir a connu le même succès, inutile donc de la raconter. De toute façon, le plus intéressant a été le pot après le spectacle, à la cantine.

Les tables étaient couvertes de pains-surprises, quiches, pizzas et pâtisseries. On s'est rués dessus comme des sauvages, c'est normal.

Mais (je me répète), il y a des moments où il vaut mieux ne pas avoir la bouche pleine. Je venais d'attaquer un éclair au chocolat quand j'ai aperçu… Mme Croazic, mon ex-prof de français ! Que faisait-elle là ? Elle s'accrochait au cou de M. Gusi et le félicitait !

– C'était magnifique, mon chéri, magnifique ! Un vrai opéra comique !

Waouh : le prof de musique était le petit copain de Mme Croazic ! J'en ai avalé de travers mon éclair et Katia en a profité pour me donner de grandes claques dans le dos.

J'étais à peine remis que… deuxième coup de théâtre ! Qui vois-je, tendrement enlacés : Mlle Dulac et un grand type baraqué vêtu d'une tunique blanche de pâtissier ! Je me suis approché, l'air hagard. La prof m'a aperçu et, avec un grand sourire (euphorique ?), elle me l'a présenté :

– Voici Stéphane, mon fiancé. C'est lui qui a préparé le buffet…

– Alors, les brioches et les petits pains, c'était vous ! me suis-je écrié.

Il a rougi, elle a rougi, ils ont rougi, et je les ai laissés gentiment à leurs amours mathématicogastronomiques. Toutes ces émotions m'avaient creusé l'appétit et il fallait que je joue des coudes pour récupérer un morceau de pizza.

⁂

Quinze jours plus tard, a eu lieu le conseil de classe. J'ai eu 17 de moyenne en maths. Grâce au boxer offert par Katia : je l'ai porté à chaque interro.

Pour la remercier, je lui ai envoyé un texto. Il m'a fallu une demi-journée pour le rédiger. Voici :

Supposons que mes sentiments forment un triangle : amitié (A), bonheur (B), confiance (C).

Supposons que ce triangle ABC soit rectangle en B.

Sachant que les trois médiatrices se coupent au centre du cercle circonscrit et que ce centre se trouve au milieu de l'hypoténuse AC.

Sachant que le concentré de mon cœur se trouve aussi à ce centre, il faut conclure que je t'aime.

Mathématique, non ?

K+R=♡

Katia a répondu par retour :

Ta démonstration est logique, mais il me faut la preuve par neuf.

À quoi j'ai répondu :

Pas de souci. Rendez-vous près du lac dans une heure.

Et là, je lui ai fait une démonstration de *french kiss* qui l'a complètement convaincue. Par neuf et même un peu plus.

300, rue Léon-Joulin, 31101 Toulouse Cedex 9, France
Loi 49.956 du 16.7.1949 sur les publications destinées à la jeunesse
Dépôt légal : 3e trimestre 2015
ISBN : 978-2-7459-7718-2
editionsmilan.com
Mise en pages : Graphicat
Imprimé en France par Pollina
L73264B